晚霞似画

徐忠 ◎ 著

北方文艺出版社

图书在版编目（CIP）数据

晚霞似画 / 徐忠著． -- 哈尔滨：北方文艺出版社，2021.6
ISBN 978-7-5317-5141-0

Ⅰ．①晚… Ⅱ．①徐… Ⅲ．①诗集－中国－当代 Ⅳ．①I227

中国版本图书馆CIP数据核字（2021）第102185号

晚霞似画
WANXIASIHUA

作　　者：徐　忠
责任编辑：张贺然
封面设计：弘　图
出版发行：北方文艺出版社
邮　　编：150080
发行电话：（0451）85951921 85951915
经　　销：新华书店
地　　址：哈尔滨市南岗区林兴街3号
网　　址：www.bfwy.com
印　　刷：河北盛世彩捷印刷有限公司
开　　本：787mm×1092mm　1/16
字　　数：130千字
印　　张：10
版　　次：2021年6月第1版
印　　次：2021年6月第1次印刷
书　　号：ISBN 978-7-5317-5141-0
定　　价：48.00元

版权所有·侵权必究

目 录

晚霞似画（代序）	1
第一辑　生命体验	1
珍惜吧，岁月静好	3
笑，你真好！	7
宽容，即明智又崇高	8
完美，你在哪里？	10
铭记与忘记	12
如果你痛苦心伤	15
寻觅幸福	17
心态——真是厉害！	19
《故乡谣》，唱得乡愁长悠悠	22
知音何觅	26
永恒的《思乡曲》	30
《冥想曲》，引人们耽入冥想无限	33
五十年后重聚首，老乐友	36
乐缘	38
创业人生	39
企业家礼赞	40
如果你陷入困境	50
生命有值，人生无悔	52
第二辑　家国情深	57
古塔礼赞	59
盼归	67
感怀往岁	69
第三辑　旅踪诗意	71
黄鹤楼抒怀	73
黄鹤楼思古	74

岳阳楼抒怀	75
《岳阳楼记》感	76
滕王阁上叹	77
蓬莱仙境	79
蓬莱仙山	80
莫干山记	81
曲水流觞《兰亭集》	83
越中风华千古	84
柯岩名士苑	84
三英烈众雕像	85
柯岩镜水湾广场 86	86
刘庄话旧	87
西溪夜行	89
西溪行舟	90
景区览胜	91

第四辑　人生感悟	93
大丈夫	95
守道	96
智者	97
释怀	98
真我人生	99
智慧人	100
人生自择	101
圣贤为师	102
自当知	103
心之回归	104
淡定从容	105
闲云野鹤	106
平常心是道	107
人生行舟	108
共勉	109

笑口常开	110
修为	111
处世为人	112
境界求	113
英杰	114
坦然人生	115
超然人生	116
知进退	117
心情无输	118
释解	119
拼搏人生	120
本然人生	121
心观为明	122
道异不相谋	123
人生四境界	124
自择	127
善暖人间	128
直面人世间	129
人面秦对	130
祸福皆于心	131

第五辑　文化自侃　133

聊说君子	135
天地人	137
山泉	138

第六辑　史书随聊　139

侠士风骨	141
聊说士大夫	142
士大夫范规	144
士大夫精神	145
士大夫精神留千古	148
公仆精神	149

晚霞似画(代序)

徐 忠

晚霞是一幅绚丽如画的风景,
谁不曾见过晚霞?
谁不曾赞叹过晚霞的景色?
可有谁曾细细体味过其灿烂博雅?
又有多少人曾真正准确表述出其壮美?
大多是笼统、含糊或者空洞地溢美下吧。

倾情欣赏和细细体味晚霞,
此刻,我们正在晚霞之前的海滩,
驻足眺望着无边的大海,
欣赏着此起彼落的阵阵波浪,
沉思,想像着海上的晚霞流光,
那景色将是何等的美妙壮观……

天边的太阳渐渐西落下山,
道道金光穿透过云层,
投射在海面那起伏着的波涛上,
原先湛蓝的大海,
渐渐变为金色的海洋;
霞光下那阵阵波涛,那浪花,
像是一幅幅巨大的扇面,
犹似西子湖畔素雅的江南淑女,

上下舞动着跳着迷人的扇子舞般，
浪也在舞动，跳着海之舞以相争妍。
——啊，这不停起伏涌动着的波浪，
就是那海的灵气在腾跃滚翻；
而不远处翱翔的海鸥，
这白色的精灵，多么的飘逸、悠然，
在晚霞下的海面上遨游，互相追逐，
和金色的浪涛嬉戏、撒欢；
还有那点点轻舟风帆，
上下起伏颠簸着穿波越澜。

我不由拿起小提琴，
随着晚霞下大海波涛起伏的节奏，
和着那阵阵吹来的凉爽的海风，
奏起晚霞下的《海之谣》……
而同来的画家朋友，
这时已在铺开的画布上挥手，
用他那支美妙的画笔和斑斓色彩，
描绘下这金色的霞光，道道如流……
彩云，大海，海鸥和风帆小舟，
还有那眨闪着金光翻动着的波涛浪头，
我们都沉醉在这晚霞之中，
人与大自然，生命与海的精灵，隽永娟秀；
还有美妙悠扬飘忽的琴声，
任由思绪翩翩飘悠，飘悠……

有人用相机拍下了这晚霞下的大海，
他赞叹这晚霞真是太美无争！

可当他看着画家那幅在画的
名为《晚霞》的油画时，却即被震惊！
立刻收起了相机，此时，
我们都明白相机记录下的风景，
只是一瞬间的截图，没有创造力，
——机械、冷漠、极短暂而无生命。

而这画，却是连续绘出了——
晚霞流光接连的闪烁、波动愈加，
还有金色的波涛，
浪花，琴声，风帆和海鸥的戏耍，
啊，这是生命的律动！……
看，画家的手在微微发抖哪，
——这是心在颤抖，这是在用生命，
去描绘这迷人金色斑斓的晚霞，
和晚霞的整个过程，
全都已——由画笔描绘下；
而画笔在布上所留下的笔触、走痕、点画，
那是绽开律动的生命之奇葩。

那画笔，忽而疾走狂涂扫刮，
忽而又停驻缀点，揉拉拍擦；
那琴声，忽而低吟柔情如诉，
忽而又引吭高歌，激越欢哗；
而那点点轻舟白帆，
在波涛间此起彼落破浪穿行天涯……
但见晚霞越见浓重，浓重，
映得满天火红，金光在穹苍遍洒，

那上面忽然间现出一道彩虹!
此时人与大自然,啊——
已完全融为一体,完美无瑕!
一切都是在这金色霞光下相融,相化,
将我们的生命和一切生灵,
都完全融入这迷人的晚霞。

晚霞是如此绚丽多彩,
可有时也只是黯淡的黄昏无光华,
人们更期待的是金光灿烂
气贯长虹的宏伟晚霞!
面对晚霞的渐渐到来,
我们每个人也都将以自己的生命相赴有加,
去描绘,去谱写奏响《晚霞之韵》,
让这美妙的乐声在晚霞中满天空飘散,
并以一颗宽厚的心和平和的心态,
迎接那金色晚霞逐渐来临,满天散发……
画中晚霞,
晚霞似画……

2019.8.29

第一辑　生命体验

珍惜吧，岁月静好

岁月静好，这是人人的期盼，
期盼人生的日子天天都能宁静好安——
希冀炎热的夏天能吹来习习清凉的风，
来让我们的身心能得以清爽；
希冀寒冷的冬日能天天有和煦的太阳，
来让我们的身心能得以温暖；
希冀天高云淡，一片蔚蓝；
希冀处处绿叶青葱，百花艳放；
希冀空气清清爽爽，带着淡淡的清香；
希冀我们的身体安康无恙，
没有病痛，没有可怕的疾患；
希冀事业成功，名利双收，
希冀家庭和睦，幸福久长；
而我们就在这蔚蓝的天空下，
一起携手自己的侣伴，
在树林和花园中，在海滩信步悠然，
去享受上天所给我们的这一切赐赏，
如此的无忧无虑，充分地享受着人生，
希望这一辈子，天天都能过得这样——
岁月静好，这便是人人对人生的期盼。

可生活绝不是像杯子里的水那么平静无澜，
它却犹似一条静静无声的小河那样，

日子虽然如流水般悄悄流淌，
可有时也会泛起漪涟和微微波浪，
即便是和睦的家庭，因成员性格的差异，
有时相互间也会发生小小的争议纠缠，
这自然会让静好的岁月中噪声偶然起响，
更不要说把外部的一些纠葛带进家院；
而且，生活也绝不是死水一潭，
这世事却常难料而会顷遭骤变突然，
也如同风云一样变幻无常，
让人们往往措手不及，难以应对，惊慌，
且往往出乎人们的预料，譬如：
车祸、急病、商海风云、投资失误破产，
或是地震，或者突发大规模的战争狼烟……
那么必然让每个人的命运，
也随之遭受空前巨变的深重灾难！

静好的岁月瞬间被颠覆碎离，
转眼便变得——惨不忍睹，甚是悲凄！
不仅蓝天、鲜花、绿叶和悠然信步没了，
成千上万个家庭和生命，会突然间受激烈冲击，
被这骤变的巨浪所吞噬、淹没、消失无遗……
不止这些，还有东西远比战争更为可怕猛厉！
——战争中，战败方还可以投降求乞，
生命还可以继续得以存在，
通过卧薪尝胆和韬光养晦，再蓄力，
有朝一日，也许还可能翻盘；
而如果是突来了一场瘟疫临逼，
那么这世上再也没有比病毒

——这小小子更可怕无疑!
它对人类毫不手软,且不接受任何投降者,
一旦让它缠上了——一概格杀无异!
所以,如果我们当下正在享受静好的岁月,
那么务必好好珍惜,方能对得住自己。

世界上谁不想过着幸福的日子——岁月静好?
可这世上个别国家偏有那么些极少数狂徒妖邪,
其脑筋实在是太不正常,他们竟荒谬地——
只允许让自己这伙人能有静好的岁月,
却不能容忍让别人的日子也能静好一样,
于是想一切办法去破坏人家的安宁,
去掠夺人家的物质财富据为己有,
于是便在世界上到处制造事端不绝,
战争纷起,祸乱叠叠,
使一些人的日子不仅失去原先的静好,
而且还失去家园,遭到了杀戮,生灵涂炭洒血,
成为流落异国的难民,无处立脚……
其实,在这个星球上,人类——
本来就是一个命运共同体,的确,
各种族,各国人民,都应该和平相处和谐,
共同来应对全球日趋恶化的生存环境,
阻止对自然的过度开发,以免生态继续遭劫,
来保证全人类的生活都能静好,
这才是人类唯一共同该做的宏伟事业。

岁月静好,不在于人们所拥有——
其地位的高低和财富的多少,

无论是谁，不论贫富，
每个人都有自己期盼拥有的静好岁月长守，
可同样对谁都不例外的是——
这世界还很不太平，丛林法则下时见争斗，
而且医学还不能确保让人能永远健康无忧，
所以，岁月静好不可能驻留长久，
很可能瞬间就被中止，失掉，别休……
不要期望太久，不要不知珍惜，
让静好的岁月在不知不觉中悄然逝流，
定把握住这静好的岁月，
充分享受这岁月的静好悠悠，
过去了，便没有，
不重复，不会有再逗留！
故而，应当及时把握享受，
如此，人生便也无悔无纠。
岁月静好，静好岁月，
但愿它能如同山涧清泉溜溜，
涓涓长流，天长地久。

2020.3.12~2020.3.28

笑，你真好！

人凡是遇上好事，自然都会高兴上心头，
当然便会开心地笑出口，
既然笑了，那就敞开胸怀大声地笑吧！
为什么不让笑来感染大家同拥有？
让大伙来分享你的喜悦？
也好为你一起高兴，这才算夠朋友。

笑，千万不要独自占有，
这世界最需要的莫过于笑！
开心、舒心地开怀大笑，无虑无忧；
而笑，也是绝对有益健康，真是好；
愿你，愿我，愿大家天天都能
有满满的笑意，在脸上长留。

笑掉烦心，笑掉皱纹，笑掉忧愁，
笑掉病痛，笑得忘掉年龄不再心揪；
不要掩饰，不要吝啬，大度些，
既不做作夸张，也不害羞，
让每张脸上笑容长驻守，
满满的笑馨，迎对灿烂的阳光，
那么，生命便是永远的春天，
使之长留，恒久，恒久……

2019.11.13

宽容，即明智又崇高

"海纳百川，有容乃大"，
谁不认为大海辽阔无边，浩瀚渺渺？
所以大海绝不会与江河相争比大小，
江河最终还不是汇入大海？
因而，事遇纠葛不要与他人计较，
还是应予宽容为好，学大海，
让自己有宽阔的胸怀，
容得下一切不称心的人事，不论是多少，
这可避免无谓的冲突纠葛甚是好；
而相互争斗，冤冤相报难终了，
结果还是两败俱伤，何苦生缠？
这实是与自己过不去的、
最愚蠢的自损行为，有何必要？
况且，甚至会让第三者有机可乘，
让他渔翁得利，这又何要自找？

忍一时，依旧风平浪静不招是非；
退一步，拥得海阔天空任由腾飞。
若是受到别人伤害，
采取宽容，远比报复要高明生辉；
宽容他，如果他明理自会深感歉意有愧，
将从此对你便有了一份谦恭和敬畏，
从此不敢再直视你，尽量避开

你那犀利的眼神和周边的众目睽睽，
在你和众人面前抬不起头来，
打心里承认你远比他高尚而自生怯卑。

能容，能忍，有其识量为高人；
采取宽容，自然比相争远为高明有为。
你可与之不屑而鄙视，
旁观者见之却即明白是与非，
他们自会为你鸣不平，
也明白了双方人格之高尚卑微。
旁观中，他们认可选择了你，
你因此多了份被人理解和溢美，
也可能因此而多了许多可信赖的朋友；
而那人却因此把自己的名声给自毁，
从此被人鄙视而成孤家寡人，
没人再理睬，众人见之远离避，
且此无形中，还给自己树立了
潜在的敌手一大堆。

君子坦荡，胸怀如海当能容事容人；
小人气量狭窄目光如豆，何能见得天地肖？
宽容实是种最伟大的精神，
也是一种最高尚的行为，
且是应该推崇的崇高的美德，
知此，我们当然选择宽容而无悔。

2019.11.16

完美，你在哪里？

完美，你在哪里？
在天涯？还是在海角？
在身旁？还是在梦中？
你究竟居住在何处深宫？
自古至今数千年以来，
不知有多少人一直在苦苦追寻，
追到海角，追到天涯，都不见踪影，
你始终躲藏着从不显身露容，
噢，你原来是天使，在云上天穹。
只能成为人们的梦中情人，
那无疑，你本身就是梦，
那梦便也就是你了，
人们恒久以来孜孜不倦
苦苦追求的原来就是一场梦！

是的，完美那是极致的美，
即已达到理想的至高点，
可这样，便也就成了可望而不可即了，
成了空中楼阁，海市蜃楼，
但人们就是不愿相信，
苦苦地仍是梦寐以求，
明知徒劳，却一厢情愿毫无怨尤，
因为他认为自己也许是个幸运儿，

老天对他特别照顾让他是个万一的例外，
抱着这信念，他终生无悔地去追求。

完美既然这么难以得到，
也从没听说有人得到过，那么这回
我不得不怀疑——完美究竟是否存在？
说实在，这世界本身就很不完美，
存在着各种各样的缺陷，甚至有许多
明显严重且改变不了的缺陷，真可悲！
即便是万能的造物主，对此也无能为力，
因为这一切本身就是他的作品，自无悔愧。

那么，据此看来：
完美，是位永远隐身的美好天使小妹；
是位向你频频招手，然而却又
不断倒走着的诱惑人的妖精狐媚；
是位令人渴求的自创偶像；
是一场自我设计的极美好的夙愿郅最；
是永远不能得以实现的一场美梦；
是自我执着追求完美的全部实践之所为；
其结果，便就是永远也别想会得到，
如果真得到了，那么人生便就此为止，
世界便也到此终结。这算完美么？
如果定要说有结果可归，
便就是人们在追求完美的目标，
其全过程本身便就是实现了的完美。
那么，我们还要继续去追求完美？……

2019.11.19

铭记与忘记

每个人，在自己人生的路上，
都有过些难以忘怀的经历留记在心头，
有些甚至是异常的刻骨铭心，
以至成了一辈子都不可抹去的记忆永久：
——是无比的快乐心欢？
——抑或异常痛苦心揪？
这样的事，人生当然只能各是仅少数几次，
且也只能应是这各稀少几次可让记忆长留，
因此这痛苦与快乐都极为珍贵，
这怎能轻易就让其忘怀，予以别休？
不，这我们当然应该永远将之铭记在心，
把它刻录在心上永不遗忘弄丢，
直至那一天终于来到了时，
把它也随同生命一起带走……

可人生经历的事会很多很多，
那痛苦与快乐也必定同样不少，相伴难除，
难道我们都要把它们全都一一记住？
有必要值得永久保藏着以待不时发抒？
干吗要记住这许多早就过去了的痛苦，
还让它们不断地噬咬我们的灵魂深处？
干吗要让那些也早已过去了的快乐，
还不时来撞击我们平静的心灵引致惊怵？

不，过去了的且就让它们过去吧！
千万别永远生活在对过去的追忆中被缠束，
岁月就如同流水，往事俱已消逝，
那过去了的一切都已不可返回转复。

——不管曾有过多少痛苦烦事，
可都已被你战胜了，过来了便是，
人生就是不断地经受命运的磨拭；
——不管曾有过多少快乐相伴之，
可都已被体验过了，过去了就是，
人生能有过这么多的快乐已经挺值；
——不管曾经历过生活多么的艰难于斯，
——不管曾有过何等的尊贵和辉煌至郅，
既已都过去了，记忆它又有何用？
不会再有，不会重复，这是命运应知！
而命运是不会重复，更不可能复制！
忘掉过去的一切——痛苦与快乐诸事，
过来了，便就当知，
这一切都已是无足轻重，都已化为空旨！

一生中，已经历了那么许多许多欢悲，
可你必须明白——这世界怎会有你之位？
因此我们必须要铭记住——
仅几件异常快乐和仅几桩无比痛苦的事
（这得由自己来定，但大多会想到一起），
仅此，便也就够了，这不仅已无愧对
人这崇高的称呼，且也于自己问心无愧，
因为——

因为以往的都已过去永为别离，
那么就不必再过分反复与之怀恋相依，
所以还指望什么呢？——一切终归徒劳白费！
而我们却还得继续不停地过下去直至终期，
如果还希望往后的日子能过得安宁平静，
那就得把以往的一切都要彻底放下不提，
放下了，也就轻松了，
想开了，便也就终于了断卸移
那长期以来压在精神和心灵上的重负神疲，
此后便也就获得永久的解脱使心爽神怡，
解脱了，心儿便得到恒久的宁谧，
宁谧，才是生命活着的最佳状态，此理。
至此，你我应该都已明白——
人生多少该铭记，人生多少该忘记。

2019.12.23

如果你痛苦心伤

人若不幸遇上不幸的事端，
当然都会痛苦心伤，
可千万不能把你的脸给拖累上，
就假装什么也没发生，
尽管这对你很难，
可你必须这样！
否则因你那脸面实在难看，
而没了面子和失去了
自己平素美好的形象。
这不仅得不到别人的同情，
即便是怜悯，其实那是种可怜！
这又何苦呢？何必自招损。
有人甚至还会乘机恶意速播流言，
让你无辜中伤，而让她开心乐上。

赶快，赶快，把悲伤先深深隐藏！
强装笑容，尽管很难做到一如平日那样，
可这是对一个人意志的磨炼，
是坚强的勇士，还是懦夫？
这一下即可定夺归档！
末了回到自己小屋，把门关上，
赶快放声痛快地哭上一场！

让悲伤全都化作滚滚泪珠，
从心底里都让它涌出，流淌……，
千万不要再抑制着，千万！
抑制它，无疑会转化成忧郁症状，
这病很难治——没真药可处方！
只有让悲伤全抖落发泄出来晾干，
心病得需心药治——
畅快地痛哭，痛哭得舒畅，
到那时，那心儿才会得救，
末了，时间自会治愈你心灵的痛伤。
这是同命运在作搏斗，
关门独自痛哭一场，
让悲伤自此荡然无存，
并也就再次战胜了命运的摧戕，
生命便也就再次获了新生，
明天，便可以崭新的面目形象，
充分自信地出现在众人的面前：
　　　　　朋友，你新生了——无比彰显轩昂！

2019.11.14

寻觅幸福

幸福,是件极古老的文物珍宝,
它是随同人类一起来到这世界上游飘,
可它在诞生之时起便就失踪出逃,
几千年来,这全体地球人,
在世界的每个角落都四处寻找,
那无数人都没找着,徒劳白耗,
也有不知多少人为此还把小命赔掉,
自古至今,有史以来全人类中为数鲜少,
仅只有寥寥无几的极个别者,运气特好,
在历经千辛万苦后终于给找着,
可很快又让他自个儿给弄跑,丢失不要,
然后再找就再也没能把它找到。

幸福,它居住在极远极远的天边,
那是人类极难够得着的地方;
幸福,它也压根儿就不在遥远的天边,
离人们其实很近很近就在身旁;
它一直紧贴着你从没跑开过,殊不知
自己原来一直就在它旁边,久久徘徊徜徉,
所以,哪儿也不用去找了,
因为,去找,即使把一辈子都给花上,
最终一切都还是归于徒劳枉然!
即便让个别人给找到,逮着了仔细打量,

也没几人能真正认辨其真相，
即便你好不容易历尽一切艰难，
眼看就要把它抓住，识别间你稍有迟缓，
它马上就一溜烟逃脱不知去向。

幸福是永远逮不住的妖精，
幸福可也是随时能相拥的天仙，
幸福不是美好的梦幻，
幸福也不是虚无的狂妄，
幸福，它就是实在的存在不虚悬，
它随处都在，根本不必去枉找一番，
多年来，它就一直藏在每个人自身心上：
幸福就是拥有健康的身体——壮壮，
幸福就是拥有一颗平常的心——恒长，
不要不知天高地厚，不要好高骛远，
懂得知足无奢望，一切随遇而安，
如此，便可天天与幸福拥抱永相伴。

2020.1.15

心态——真是厉害！

怎了？——多难看，一脸愁苦！
什么事让你如此伤心欲哭？
咋？——说出来才好，才可救护！
伤心事，千万别憋着，千万！
如果憋在肚子里任其发酵生蠹，
那必会得病，求医更会招气堵！
应该赶快把它吐出来，快吐！
吐干了，自然就会轻松舒服。

想吐，那就赶紧跑到附近山岗，
面对空渺高高的天庭穹苍，
冲它大声叫喊：见鬼去吧，愁烦！
多喊几声，便就都吐了出来，净净干干！
烦恼事人人有，我每当遇上，
就这样对付着——挺管事，简单！

年轻人，身体健壮，生机勃勃，
所以没有什么大不了的事喔——
要知道，这世界远远还没到末日的时候，
更何况，这天也永远不会塌下来哦，
如果塌下了，那也是件公平的天祸，
——穷人豪富，都成了一伙，
谁都避不了，都是同一个命运结果！

这自然也就不亏待你与我,
所以,不必愤愤不平,已挺公平不错!
更不必为此,痛苦担忧为过。

如果是事业失败了,那还可以再创,
只要信心在,不言败,不气馁,不沮丧,
有了经验,接着干,必定会有好报偿!
所以千万别泄气,更别悲伤绝望,
成功者,必都得先经过几次失败,
这就如同你盼晨光,必得先经过黑夜那样。

如是被女友抛弃了,更是小事,咳!
这在向你挑明,某方面你还须努力,
乘此正好加把劲,提升自己,
先调整心理状况,改变心态,
换下旧有的生命活动模式,获得新生,
新生命,必也会把新命运随同带进来;
如果这一切都变了而她仍还没变改,
那说明她已根本不般配,那么很快,
便会有合适候补者挤进来取代,
填补她所留下的那缺位空白。

现在你该没事了吧?——
看你原先紧锁的眉头已经松开,
那额上的乌云,都已被驱散,
而且看上去已有点春风满载,
所有的烦事和问题——都已没了!
这精神疗法实在是简易有效——神怪!

心态，这东西实在是厉害！
它会决定一个人的生存状态，
而这状态，则会决定他的命运未来。

所以，这人哪，对生活呀，
千万别只会老是抱怨嗳气和想不开，
不论富贫，不论贵贱，不论好与坏，
时间，会让这一切都变改，
——肯定会变改！
因为一切都是可能的，眼下仅只是现阶台；
逆境都是暂时在，学会先忍耐，
更要学会从容淡定，充满自信满怀，
面对逆境跨过去，失败了重来！
可也不是一味蛮干，学会思索，
学会反思再谋排；
经验千金难买，至此，离成功就不远再。
最重要，一切要想得开——拥有好心态；
心态好，一切问题就没了，幸福便即来！

2020.1.11

《故乡谣》，唱得乡愁长悠悠

乡愁，是伴随人一辈子的无形的"影"
却又如一条长长不断的蚕丝线，
把你与故乡永远紧紧捆绑相连，
即便是少小离乡久久已没回头行，
即便是浪迹天涯的游子漂泊无定，
可每当听到小时候那稔熟的儿歌声
——"噢，《故乡谣》！"
乡音即脱口而出，随即心儿咯噔，
而思乡之情，即刻亦油然而生，
善感的人，更是眼眶马上现红相映，
随即，那热泪便会从眼角溢现，
男子汉哪，强忍着把它往肚子里咽，
因为他顿时觉得故乡即刻已与他挨近，
挨得很近很近，而不再是远隔万里程，
那久别了的故乡，多年来的魂牵梦萦，
此刻这歌声，一下子把他从萦梦中唤醒！
啊——久别了故乡，久别了父老乡亲！

《故乡谣》哦，乡音萦绕，
让心儿不安如搔，直觉发酥发痒不停休，
可又是感到那么揪揪，揪揪——心揪揪！
哦——
那是长久被压抑着的乡愁，

此时得到释放,一下子涌上了心头!
禁不住,这涌上心头的思乡情,
那么地浓烈,又那么地绵长怅惘……
有道乡思是甘露,有言思乡是离愁,
但见故乡那不尽江水滚滚向着天边流,
恨不得能马上舀一碗灌入喉!
久久没尝了,这故乡的甜甜甘泉,
要让它来滋润长久以来,那被——
思乡的愁苦折磨而发干的心田渗透!
是的,这乐音让人听得耳醉心碎,
因为,这是来自老家的乡音倾诉话旧!
是从咿呀学语时便就学会,岂不情久?
这怎能忘怀?怎不亲切感动,绵绵意厚?

这歌声,激起了远方游子许多年来,
一直在记忆中深藏着的童年时的情景长长,
而故乡的那一切的一切,
此刻都一幕幕重又在脑海浮现滚翻:
那故乡的老屋,儿时的玩伴,
常去蹚水游泳的小河和小溪涓涓;
还有河边那棵已千百岁的老榕树,
和那走遍了的青山,山道弯弯,
与不知已攀登过多少次的几多峰峦;
更还有特亲切的幼儿园和小学校园,
和那人生中第一位教自己的敬爱的老师,
是在那儿心智得到了最初的启蒙开原,
而且因为有了这启蒙老师的谆谆教导,
才有了自己的今天,师恩毋忘当要颂传,

"一日为师，终身为父"，
此箴言，这一刻算是感受最深、最为详谙。
而这一切，仿佛还是发生在昨天，
历历在目，频频出现在眼前……

故乡谁没有？难道你是从天上掉下来？
谁不是故乡的水土化育栽培成材？
那儿有生养你的父母亲人在，
对此，这岂能否认避开？
人若到了此等无情无义，真是悲哀！
那么上天也绝对不会对他宽恕，
在人生路上，迟早会受到报应制裁！
因此，故乡应是人们最亲切最亲近
和从心底里最热爱的地方，这谁都明白。
如果你事业成功了，自然别忘了故乡，
是故乡生养了你才有了你今天，乖乖，
人当知恩图报，报答故乡的父老乡亲；
如果你在外失败了，那就回来待待，
故乡是你永远安全的避风港，
它绝不会唾弃嘲讥你，不会把你摔，
回到母亲的怀抱，一切便也就会好，
永恒的亲情和母亲博大的胸怀，
能给你疗伤，会给你抚爱，
故乡的风与水，会抚平你的创痕筋脉，
在这儿，你一切可以从头开始再来。

不论出生在哪里，被任何人最为看好
是故乡，那是世上最美最美的地标，

什么苏杭世上天堂,咱故乡比天堂更妙!
故乡,尽管贫瘠,尽管还很落后,
可人们大多就守着不愿意离弃开跑,
即便离开了,还是常回来看看走走,
即便在外拼闯成了大官大富豪,
可多年后还是选择叶落归根,
回到少小离开的老家待守着终老,
为什么心中就这么不舍?痴心难改?
那就是因为乡情,乡恋情深被粘着!
而能承载着这满满的乡情,
便就是这歌儿,噢——《故乡谣》!

2020.1.8

知音何觅

《高山流水》千古一曲觅知音,
却不知知音何处可得觅?
自古有道知音最难觅得见,
自古知己相逢也为最难期,
子期既已去,知音自也成永别,
伯牙心碎琴已绝,悲将其弦扯断矣,
若留心伤更难受,惆怅更怨离,
从此世上便再无《高山流水》乐响,
人生在世相遇之人诚不少,
互成知己莫逆就算仅一也属实不易。

知音不只是能迎以会心的微笑聊谈,
知音不只是相貌外表的相悦好感,
知音也不是两人间相互推崇识赏,
知音更不是仅只经常待在一起的玩伴;
知音是彼此各自心智具有等同的内涵,
当有幸相遇时即能使两人心灵相碰撞,
碰撞出共鸣的火花而一见钟情话长短,
继而再互诉衷肠,慨叹相见恨太晚!

这同各自人生阅历与积学水平相关交融,
物以类聚人为群分,先经此筛选后再走近与共,
通过互相交流、审视,将对方读懂,

达到相互理解，进而产生强烈的共鸣认同，
于是便从心灵上把对方接受纳从，
明白对方原就是自己千载未逢所期待中，
而今却终得以幸遇的知音，贤弟仁兄；
多少年来的修炼，忍耐，等待和情浓，
就一直准备着为着这一刻的来到，
真的确实是那：心有灵犀，一点而即通！
因此，能互为知音，那也是老天爷的恩惠，
给两人安排今生注定断不了的缘分，得以能终。

如果你真的非常有幸遇上了某某，
相识有日而成了知心友伴常相处，
随不断交流友情加深，彼此了解已极深入，
双方都认定已成为知音——犹如你与我，
这是极为不易和极为珍贵的一种人类情感，
请务必用心地去认真善待，珍视爱惜不嫌多，
因为人生能得一知己已极难，故应感到满足。
知音者极重情谊，古时早有"刎颈之交"说，
情义愈性命——"士为知己者死"不也常有么？
然而，古时社会远比现代社会简单少惑，
那时人单纯，今人思想远比古人复杂难捉摸，
因此相互真能成知音，更是十分不易喔！
今之知音与古之知音，差异甚大乎，
相比起来，其内涵更广和更有深度，
不可能也不应该"一见钟情"，
这不是相亲谈恋爱，
否则，那也是昙花一现，瞬间即过；
因而，觅得所谓"知音"与成真正知音，

还需经相当时日的砺磨，方会有结果。

知音何处觅？
何处知音追？
这人海茫茫中藏着的究竟会是哪一位？
我言知音无须着意去寻觅偕同归，
他或她，不在人海丛中待，
更不在天涯海角等候徘徊，
即便踏破铁鞋也是觅不回，
生活须得自己努力去开拓，
开拓中你或许能遇上某位认定为知音，但愿对！
可对方却并不完全这样认为，你还差一点！
他止步了不与你挨得太近，有距稍微，
认定你可作为好友，而非知己知音，
这若你没感悟到，实是缺了点灵性与明慧，
少了点自知之明，然而却又自作多情，
你又进了一步，他的反应却是稍后退……

当然，你也即感悟到了不再朝前挪，
可你的自尊已受到了些许损伤，
此后你就认识到，与知音间还存在
尚不只是一点点距离，而是门槛——别笑！
跨过这门槛，却是不大容易，
一旦跨过了，可也不见得会成终生不渝的至交；
所以，这人哪，不必刻意去把知音觅找，
知音，是永远找不到，找到了也会变愀，
新鲜不可能永远可保，因为这世界时刻在变，
所以人也跟着变，一切都在变是铁律一条！

是好友已不错,若是志同道合成知心,更为好,
经得时间久磨砺,一切顺自然,自然才合道。
高山流水本就随处在,何必看得太真过计较;
千古一曲千古无得传,告之知音无须刻意找。

2020.1.19

永恒的《思乡曲》
——中国十大著名小提琴独奏曲之首

《思乡曲》，永恒的思乡之曲，
你是我的情思，你是我永恒的爱！
当乐曲开头几小节旋律一飘出来，
即把人们的心儿紧紧攥住松不开，
既是那么婉美，悠婉和郁黛，
又那么感伤，还有浓浓的思怨在——
一股难言的惆怅随即拥入心怀，
任由你如何努力想把它抛甩，
可却越来越是更惆，更怅，唉……
那是因为长长的，割不断的乡愁，
即刻，已不由得一下子兜上心头来！
这旋律，这发自作曲家内心的心声，
是远在万里之外异国的游子，唉——
对生养他的故国故乡割不断的
长久思念之情，一下子都倾泻了出来，
是那么深深地令人至感缠绵，难耐，
噢，——是无限的缠绵，
又是无限的惆怅漫漫，唉！……

《思乡曲》，琴声悠悠长悠悠，
音乐灌耳却尽在心头萦回久不休，
这乐曲是那么愁婉唯美，缠绵心揪，

我不禁慨叹：犹如这乐音浓稠，
这被兜起了的思乡怨郁，
绵绵不绝的乡愁如长丝缕缕，
若欲剪却不断，如欲理则更乱，
一腔乡恋的惆怅愁苦占满了心头……
啊，快停下吧，忍不住了——
赶快，赶快停下——满腔揪心的思乡愁！

每当我拉奏，这我不知已经拉奏了
多少年，多少次了的乐曲的时候，
心儿总是每每感到有点不禁地在颤抖，
而且，每次奏它，总是有新的感受，
而每次被激起的乡愁哟，
却更是越来——越浓悠！……
而越是往下奏，越是感到难以自主：
常常的，我沉醉得忘掉了周边的所有；
常常的，甚至忘了自我；
更常常的止不住地泪珠直往下滴流。

是的，我哭了，这《思乡曲》的音乐，
是那么感人，那被激起制不住的乡愁，
它令每位聆听者都会深感心揪！
这心揪，已使身体觉得有点微微颤抖，
尽量控制住不让紧攥着的琴弓因抖而走调，
如果那样，那我就演奏失败——愧羞！
这我绝对不能原谅我自己，
尽管这样，我每次总还是能够，
会顺利地把这乐曲都完满拉奏，

奏完这永恒的《思乡曲》，我方可罢休；
而那乡思，乡情，还有那恒永的乡愁，
《思乡曲》哟，长留汗青永不朽！

注：《思乡曲》是我国著名小提琴演奏家、作曲家和音乐教育家马思聪所作著名小提琴独奏曲，他早年留学法国学习作曲与小提琴演奏，1931年回国后主要从事音乐教育工作，曾担任中央音乐学院首任院长。长期以来，《思乡曲》一直被小提琴演奏家们在音乐会上演奏，历久不衰。

2020.1.5

《冥想曲》,引人们耽入冥想无限

——世界十大小提琴名曲之三

这是世界十大小提琴名曲之一,
它问世至今一百多年里,
一直久演不衰,是演奏家和我等爱好者们,
都极其喜爱和常演奏的曲目。
我爱听爱拉奏它,那是因为——
乐曲那第一个音符长悠悠地飘逸无抑,
即就将人们引入悠远而不确定的想象似谜:
——不知是一种遐想,还是幻想?
——抑或遥想?更还是玄想漫弥?……
继而,旋律更为幽婉,令人陶醉沉迷,
但却很快将人们引到那犹如空灵的仙境神地,
然而却又无限地悠然,清逸,
犹似一缕长长的细丝逶迤,
——是情丝?还是情思?
自然无从说起……

继而两次转调——给人感觉骤然不料!
而那有点感到不怎和谐的音调,
与似乎有点别扭的大音程跳跃忽低突高,
更令聆听者闻之顿感意外而诧异悄悄,
以致有点措手不及,不知所措,如何是好?
只感到一片茫然,犹如驾云随风飘飘……

哦，这就是把我们引入冥想——真妙！
那种种冥想让人们去想，但以何为目标？
——各人任由自己的思绪，各自为道，
海阔天空，自由地去想，想其所想所要……
这冥想，是一种深沉的思索和想象，
是深切的想念与默思苦索相交，
而各人究竟在想些？思索些什么？
那只有——天知晓！

也许有人在想——
期待能同情侣马上一道携手成行，
漫步在南京路外滩妍语悠逛；
或是祈望去往布达拉宫朝拜而赶早进藏，
让长久以来一直藏在心上的夙愿得以如偿；
然后再登上珠穆朗玛峰巅眺望，
一酬壮志，终于圆了凌空绝峰的期盼；
或者是希望能立刻飞去南方，
在海棠湾红树林海滩戏水，沐浴阳光；
抑或冀望在巴黎歌剧院舞台上，
去向泰伊斯表白对她的恋情实难割断？
哦，这没完没了的种种冥想……

冥想大多是对美好事物的向往所系，
或者是对美好感情的追思望祈，
或者是一种感情的寄托和夙期，
心态平静而不冲动，更不狂乱失礼，
一切显得是那么安宁静谧。
当然，在有些人心里，

有时也会有微澜稍稍激起，
时感仿佛有小鹿乱撞，
任由思情在飘浮，游弋……
尽管那思想天空海阔，无边无际，
却始终是一派风平浪静，
安谧而嘴角不时露出一丝甜甜笑意……

这冥想，许多人这时已把它化转：
成了沉思，或是超越现实境界的遐想，
或者是虚而不实不着边际的梦幻；
不管怎样，冥想会使心灵得到按摩舒展，
并会使思想和心灵更感充实丰满。
常冥想，会让精神放松，压力释放，
冥想，实是给心灵服下的一颗保健丸，
我就常让自己每每把这《冥想曲》拉奏完，
然后再耽入令人惬意的无边自由冥想……

注：《冥想曲》，又名《沉思》，世界十大著名小提琴独奏曲之一，排名第三，为十九世纪末法国作曲家马斯涅所作著名歌剧《泰伊斯》的幕间曲。该歌剧说的是美女泰伊斯，沉湎于纸醉金迷的生活，一位修士见状不忍，苦苦劝她改变这种堕落的生活，找回原来纯朴的自我。此曲表达的正是泰伊斯听修士劝告后，重新思考人生时的复杂心理变化状况，描绘出她当时沉思时的心态变化。因此从此角度来看，曲名为《沉思》更贴切。

《冥想曲》，作为小提琴独奏曲，其声名远在歌剧《泰伊斯》之上，一经问世，便成了众多小提琴家热门的演奏曲选，此后便成了音乐会节目单上经常见到的曲目，历经一百多年，至今不衰。

2020.1.5

五十年后重聚首,老乐友

——纪念温州业余管弦乐团成立五十周年庆会

老乐友,你如今在哪儿?
一切可都好?
虽然我们已经分别了很久,
很久——
半个世纪,岂还不迢遥?
命运虽然让我们之间许多人,
这么久一直没能重逢,
可我也经常缅怀、念想:
而今,你们都各在哪方?……
日子过得好么?可健康依旧?
当然,我们都知道当年还稚气的脸庞,
如今早已被岁月无情地刻下皱纹道道,
这模样同当年相比?
——不可想象!笑叹这岂可比较?……

这便是苍桑,唉……
可从这苍劲的脸面相对——
我们互相端详到的仍是
真情、坦诚与直率,
没有世俗,没有虚伪,
因为使我们当年走在一起的
是艺术,是高尚的艺术与之幸会;

世间的一切都免不了带有功利，
却唯有艺术只有——真、善、美。
所以，我们之间没丝毫
世俗利害关系或利牟；
我们唯一有的只是共同的爱好
那对音乐艺术的热爱与追求，
那是无比的纯朴无瑕，率真无忧。
正因为如此，我们在历练，
在饱经了岁月的沧桑乐愁，
以及世俗的磨难后，
如今面对彼此皓首凝眸，
依然还是纯情满脸如旧。
道一声：想念你，老伙计！
说一句：你好，老乐友！

整整五十年后的今天，
我们终于能再次聚首，
那么现在就让我们再次，
操起各自的管弦家伙，
再来合奏一曲
——《友谊天长地久》，
让这乐声再次响起，
长久地飘荡在空中，
悠悠，悠悠……

注：笔者曾有幸任乐团小提琴手。

2018.11.26

乐缘

——五十年前我们因共同爱好聚在一起

管弦声声妙韵奏,
歌悦舞曼乐不休,
乐缘结谊半世纪,
五十年后重聚首。

白驹过隙倏忽间,
岁月有痕见白头,
皓首相对言别情,
流年沧桑几许愁。

追忆年少情纯厚,
音乐幸伴华年流,
众同合奏祖国好,
也诉青春烦恼羞。

几度春秋几心曲,
更奏生活幸福久,
世唯艺术真善美,
人间凡事功利纠。

音乐无私你我他,
乐音滋养心灵秀,
此生乐缘谊甚珍,
管弦爱乐终身友。

2018.11.29

创业人生

人生吃得百般苦，
业海拼搏逐浪波，
虽是险恶喜勇迎，
谋生创业报家国。

路坎曲折荆棘多，
更须避开陷阱过，
奋斗若成小事业，
慨叹不觉古稀数。

2018.5.31

企业家礼赞

——致中国企业家众体

一

别羡慕他们驾着豪华小车,
别羡慕他们西装革履一身名牌,
这一切,都是因为工作需要;
别嫉妒他们表面光鲜,
可他们所受的苦与累,
所承担的责任和巨大风险,
甚至委屈和屈辱,
比别人和那些嫉慕者们,
要大得多!大得多!!
而且远超乎局外人的想象。

二

他们走过来的这条终于暂时
算是已成功的路上,
哪一位不是从底层泥淖里,
一路艰难地爬过来的?
这泥淖路上,
到处布满了荆棘和陷阱,
一不小心,就会掉下去,
有的便就此永远再也爬不起来,
被刺出血已算是幸运儿。

不仅只是苦与累,
更还有肩上的重担,
和不可预料的巨大风险:
——多少人的吃穿住甚至国家安危,
全都系在他们——企业家的身上,
全都有赖于他们给扛着!

三
欲当老板,谈何容易?
且别说苦与累,
且别说市场激烈的竞争,
还有不可预测的巨大风险,
而从事制造业的企业家
更是身上承担重责,
这其中责重如山的,
是装备和电器产业的老板们。

那汽车和家用电器,
给人们的生活增添了多少
享用的乐趣和方便,
不仅贵重和需量特大,
而且因为对使用安全要求特高
——十二分的苛求,
品质要求绝非一般,
不准有丝毫偏差!
——因为人命关天!
干这行的老板和工程师们,
为了确保质量无瑕,

他们每天的日子——
都如同在走钢丝,
——艰险而无奈。
这又有谁能知道呢?——
他们每天所提的心,所吊的胆,
可他们认了,
这天大的责任他们全给承担了。

四

每当华灯初上,
每家人都围着饭桌美美地用餐,
和享受着待在一起的天伦之乐,
可他们大部分时候没有这权利,
不是还在企业里忙碌,
就是去赴那烦透了
却不得不参加的应酬饭局,
长时间以来,在给家人
 "今晚一定回家吃饭"的许诺,
他们早就失去了信誉,
父母妻儿对此已不再期待。
他们不仅欠银行大笔贷款债,
——这债到期总得还——
而且还亏欠家人的亲情债,
而这债,永远也还不了!

局外人每天都能睡得甜甜,
一觉到天明;
可他们此生中能有多少次

可以抛开一切杂念,
睡上安稳舒坦甜美的觉?
每夜还在为企业操心而辗转难眠,
常是迷迷糊糊似睡犹醒,
或者索性就是整夜苦思着……
一直清醒到天明。

五
企业员工们每到发薪日喜上眉头,
可你知道么,有不少老板,
每临近这日子,
却双眉紧锁,愁云满布,
资金一时转不过来,
可不能因此拖欠员工,
只能自个儿想方设法,
厚着脸皮,再去借贷。

最苦的好日子却是每逢过年这一关,
即便口袋里再没钱,
也得全额给员工发放,
为企业干了一年了,
总该让大家欢欢喜喜回家过大年,
最苦也只能苦自己一家,
咬紧牙关继续挺下去,
前面无路自己开,
坚信终会迎来柳暗花明时。

六

真正的企业家，
不仅名副其实，
而且许多是人伦典范。
老一代企业家，
虽然文化水平普遍不高，
可他们思想觉悟却不低，
大多是知青一代，
生长在红旗下，
对自己的祖国和人民，
有着一份特别热爱眷恋的感情，
上山下乡、支边，在广阔的天地里成长，
吃尽了苦头，
锻炼了体魄，
磨砺了意志，
成熟了思想，
更学会了拼搏！
他们是这个国家——
最最忠诚最最优秀的一代！
不仅对国家特别忠诚，
不仅对生活特别热爱，
而且对事业特别执着！
他们对终于到来的
来之不易的创业机会，
特别珍惜，
故也更懂得什么叫——诚信！

在老一代企业家队伍中，

有些人虽不是知青，
没什么文化，可却能
凭着良心来创业做事，
良心——虽然无形却最实在，
最为宝贵的便是良心，
而历经多年创业拼搏中，
他们学会了很多很多，
不仅捍卫了良知，
而且增长了即便花再多的钱
也买不过来的创业实践经验，
且以此充实并成熟了头脑，
使之有了更多的智慧，
对社会作出了巨大的贡献。

为能不辱没企业家这崇高称号，
我们还需进一步努力向上——
自律，自尊，自强和奉献，
——为了我们的祖国，
为了我们中华民族的伟大复兴！

七
最可敬佩的是那些——
创业初全由自个儿东借西凑，
筹了点资金摆下个小作坊，
经过长期苦斗，多年后
终于上了规模，有了不小的门面，
有的员工已逾万千，
这时，他没有把当初一起

一路上共同奋斗过来的弟兄们，
给撇在一边忘记掉，
啊，是时候了——
他把自己全部股权稀释，
按各自贡献大小，分赠给了
这帮昔日穷弟兄们，
让他们也圆圆老板梦，
而留给自己的仅剩下一丁点。

因为他认为——
创业就犹如拜把兄弟，
有苦既已同担，
有福自然也应同享！
这业是大家一起创的，
自己只不过带个头，
因此，这企业，便也就是
大家奋斗的共同的事业，
绝不能独享。
够崇高了吧？——这思想境界！
可他却仅淡谈付之一笑。

八
他们虽然创造了大量财富，
可有时间去享用么？
竞争，激烈的市场竞争，
已经使他们喘不过气来，
岂还有空闲去享受生活？
过过奢侈的日子？——白日梦！

且还得玩命地负重辛苦到老,
人家到六十岁可以退休,
去安享晚年时光,
可他们干到七十还嫌早。

这时候人老了,还能花得多少钱呢?
——这一大堆最上面的一叠吧。
留给儿孙?——
富家子女不肖者多,
富不过五代,
这史上名言似成魔咒!
想迈过这坎儿也确实不容易。
而大老板们所聚积的巨大财富,
到时候,他们会悟出一个道理——
绝大部分最终还是回报给社会,
用它来做慈善、济贫、助学,
用于大众,用于公益事业,
这不仅可以证明自己以往的成功,
同时也昭示自己的人格和境界,
顺便也因此垂名于世,
以唤起更多人的善心。

九
说了这么多,其实
这一切全都为了谁?——
自己企业里的全体员工
(诚然也包括家人),
和这个挚爱的国家,

有点剩余的才是归自己。
是这些永不得休息，永不言疲倦的
大小企业老板，
带领全体员工，不歇停，
源源不断地创造出天量财富，
使大家的生活日趋富裕，
使国家日益强大，繁荣昌盛。
企业家——
不仅是大家共同致富的带头人，
是财富产生的原动力，
是社会的中坚力量，
是国家这大厦的坚实基础，
更是国家这躯体里永远流动的血液！

十

是他们自觉地挑担起
对员工，对社会，和对国家，
创造财富和安宁的巨大责任。
可人们往往没有记起——
他们对你，对大众，和对国家，
所自觉作出的巨大贡献：
那些默默无言的付出和牺牲，
那无数个任劳任怨的辛劳日子，
对此，人们往往没有看到，
看到的往往只是他们的
名牌西装和名车。

在欧美发达国家，

人们最不愿意干的工作——
就是企业家和公务员,
当老板不仅责任大,风险大,
还担子重,太累太辛苦,
——没日没夜地操劳!
弄不好还会翻船赔钱,
所以人们情愿去给老板雇佣打工,
干烦了就辞职走人,
一切用不着自个操心,
不时还可以去工会组织告状老板,
甚至还可以以罢工相胁,
西方人所作的一切,
都是为了追求个人享受生活,
而不愿被当老板的这职务所累困。

十一
在中国,创业一代的企业家
现已渐老要退下来了,
大多数由他们的子女继承,
继续挑担,以让基业长青——
创业代有人才出,
再领风骚续千秋,
继续为社会创造财富,
为国家源源不断地供血。
因此,企业家本身
事实上就是国家最宝贵的财富,
——无价之宝!

如果你陷入困境

如果生活使你陷入了困境,
千万不要一时想不开,
这没什么大不了,根本不是问题!
实际上是心理正常运行一时受阻碍,
只要让心理恢复正常,
那所谓问题也便完了,拜拜。
健康的心理当然需要经磨砺方始成,
心身放松自可拥有好心态,
排除一切外部干扰,放松可解纠结,
无存忧患得失,心结自然得解排。
去登上清幽高山深谷,
让自己融入大自然的拥怀,
敞开胸怀,让心舒展,
大口地呼吸清鲜空气渗心来,
脑子里排空一切杂念,
排念释怀,看空一切自然会想开。
那世间的一切得失如眼前浮云,
成功失败原本就无足重轻何足怪?
让思想和心灵重归单纯,
摒除心中一切不良欲念,不让存在!
心纯认识会提高,人格品位也会随之上升,

灵魂便会升华达至净界还，
还有什么困境？
一切都是缘于——心态！

2018.9.18

生命有值,人生无悔

一　生命的价值

每个人都认为有自己的事业,
却并非每个人都能让事业成功,
但也不能以事业的成功与否,
来衡量其人生命的价值如何。
生命的价值乃在于——
是否曾拼全力向树立的目标努力过,
而事业的成功与否,
则与生命的价值并非对等。

二　成败因素

事业成败因素很多很多,
不是么——谋事在人,
而成事则在于天,
这天便包含了诸多因素:
除个人的能耐和主观因素外,
还需具备天时、地利与人和,
三不缺一方能达到成功彼岸。
有人毕生努力拼搏从不息闲,
可事业仍未能成功,
一事无成,甚至败得惨不忍睹!
当然,事业是个笼统的泛称,
它包罗万象,但可分上中下三层次;

而对它的选择，当然
要依据个人的才华与能力水平，
来客观地量力而行。

三　成功凭什么
（一）
有人好高骛远——志高而才庸，
尽管已苦斗拼搏了许久许久，
最终还是归于失败，甚至到了——
连填饱肚子也难的困境！
可是，可悲的是即使已到了此等
绝境的地步，可还满不在乎，
大言不惭地继续胡吹：
"咱真正的好戏还在后面！"
而在评论那些著名成功人士：
"没啥了不起，只是他运气好而已！"
真是不可救药，此等人！
（二）
有人虽然才能出众，
周边人也公认其智商甚高，
但却求稳不敢冒风险，
心平无奢望，——才高低就，稳当！
这一路上过来，自也轻松无阻，
不大费力即达成功目标。
但最后他也深为遗憾，慨叹自己：
枉度此生，未赢得本该属于他的辉煌！
（三）
也有少数者，虽无才无德可言，

也没什么文化，没受过像样的教育，
然而在事业上却获利颇丰，
才德和事业，与之不可相媲美，
其业远远超越了他自己当初的期望，
（老天爷也实在太不公平太偏心了），
此种人贵在把握了时势，
搭上了人家创业的便车——凑点小钱入股
故也就把握了机会，
是欲创业之初，是时势，是旁人，
造就了他们，而绝非他们有真本事，
此类人原先根本无此等
远远超乎其所期待成功的奢望，
——莫名其妙，稀里糊涂地
被众人（广大消费者），推上了
成功企业的宝座。

只因搭上和搭对创业高人的便车，
故一路上自个儿不费吹灰之力——
以不多的初创资金的投入合伙创业，
便也就达到了成功之巅。
如果此类人中有谁自傲地以为这一切
是全凭自己才智高人一筹的当然结果，
逢人自鸣得意扬扬，
且终于在此时甩别了一路上，
始终无私地乐于携带他的驾车高人，
而企图从今起独行天下，
那么，可以断定——
很快便会从成功之路窜入歧途，

狠狠地跌落而终———一场春梦!

（四）

而有些人，他们为数极少，
敏感地捕捉到未来时代发展的走向信息，
及时调整了自己为之奋斗的事业目标，
把握了当今科技和社会发展脉搏，
全力投入而一发不可收，
废寝忘食，全力向既定的目标拼搏，
虽然他不计后果，但他心中坚信：
此路直奔过去，必达成功之巅峰！
是的，他终于成功了，
甚是完美地成就了此生，
此类人其生命当然超值，
此生自然无悔！

这样的天才，自然极为鲜少，
故也用不着将自己与之相比，
也不必为自己惭愧懊丧，
只要你与我都已努力过，
便没有有负自己，
你我的人生同样也是无可悔。

四 人生无悔

一个人一生只要，
曾用心努力拼搏奋斗过，
即便事业平平，未能成功辉煌，

但只要他已尽力而为过了，那么
他生命的价值，便已体现其中，
也就没有辜负自己的了，
此人生当也可以无悔。

要知道，中国是个五千年来，
一直讲究圈子人情这文化传统历史的国家
而今更是看重人际关系；
而这，对一个人事业的成功与否，
起着极大的作用！
纯粹只凭自己才能拼搏成功，
为国家，为民族，作出丰功伟业，
当是真英杰！
自然应该可歌可颂，
因为是他们造就了时势，
推动了历史前进的轮子，
此类人，自是极为稀少罕世，
咱凡夫俗子，怎能与此等天才相比呢？
故也无须叹息，沮丧，懊憾，
——只要曾经创业拼搏过，
那自然，人生当也无悔！

2018.9.15

第二辑　家国情深

古塔礼赞

　　在古吴越东瓯国有一逶迤江流直奔东海，在距入海口三十里许的江中横亘着一孤岛，名曰江心屿。此屿自古便为游览胜地，名胜古迹甚多，历代多少著名文人墨客，如李白、杜甫、孟浩然、韩愈、谢灵运、陆游、文天祥……，均在此留下不少咏叹诗文，共八百来篇。此孤屿东西两端各有一山，东瓯人在山顶处各筑有一遥对相望的古塔①，任凭风吹雨打，烈日烤炙，却岿然屹立，至今已一千多年。且最令人称奇的是塔顶上还天然长有一棵无土的古榕，远眺蔚为壮观……

一
当我站在古塔的面前，
把它那高人的身躯深视凝望，
我陷入了哲人般的沉思冥想，
翩翩的感想如波浪在脑海中翻滚……
古塔，是我们悠久文明的象征，
是我们民族精神的具体化身，
那些把古塔建造了的人们，
是多么辛劳地造就了塔的本身；
古塔，就代表着华夏亿万人民
顽强的意志和崇高的精神。

二
我想起，古塔曾目睹

中华历代王朝的盛衰匆匆——
风云一时卷走了多少英雄？
但却唯有古塔还存在至今没变动！
命运使多少人曾胸怀美景憧憧，
到头来却仍被命运所捉弄！
早年时，那满怀的壮志想冲天几重，
殊不知到结果，希望——总是落空！
啊，那盛衰的循环难有了终！
古塔，对世俗的纷争永远无动于衷！

三
我想起，在那繁星满布的夏夜，
当那些热恋着的年轻男女，
背靠着古塔那高大的身躯，
古塔，多少次总是不厌其烦地
谛听着恋人们那千篇一律的甜言美语：
那些指天的发誓，那些美好的期许。
然而它从无偏见，也不把情侣们揶揄，
却默默地为这些年轻狂热的情侣，
祝愿他俩生活永远欢畅，
并永在热恋中而不知人世的无常烦忧。

四
古塔静听着小草和微风的细语，
观看着无畏的海燕在和风浪嬉谑。
片片的白帆轻舟驶过古塔的面前，
冲向那辽阔的大海上自由地腾跃！
它们在与恶浪的搏斗中求生途，

轻舟体验着斗争的欢悦,
并在死神的面前也从不畏缩胆怯!
轻舟与大海脉脉相连而情切,
去幸福地度过那有限生命中的
一切惊涛骇浪般的岁月!

五
岁月,在不断流奔泻倾,
宇宙却永恒而无际境!
日月回行,生息交应;
生命与死亡,死亡与生命,
构成了时间的量程无限;
古塔、地球、月亮、太阳和星星,
还有那银河系和无数的河外星系,
把宇宙无限浩大的自身构成。
古塔,多少次迎接过朝阳的上升;
古塔,又多少次目送晚霞的夕影。

六
啊,万物都需要阳光的爱抚,
可是太阳却不能排除乌云的存在。
在那阴忧的日子,当乌云把大地笼盖,
古塔就面对着恐怖而无边的天籁,
以它那顶天立地的挺拔气概,
把千钧雷霆的怒打安泰地接待;
古塔,无畏地迎着电神那利剑的砍来,
但利剑却不能把它刚强的身体劈开!
古塔,深深地感到大地在痛苦地呻哀,

大海在狂乱地怒吼，骇浪汹涌而澎湃！

七
大自然的脾气虽然喜怒难定，
可是，同样的——乌云毕竟也不能
永远遮盖住太阳那强烈的光明！
春风一阵驱散了乌云的霾影，
大地重又苏醒，欢乐得又向人寰降迎。
大自然的力量虽然是无量也无情，
却不能把人类百折不挠的精神战胜！
啊，雨后的天空异常灿烂蔚晶；
古塔，挺立在阳光的沐浴中，
更显得清新，更显得葱郁和苍劲。

八
无情的岁月和永恒的时空，
人的生命怎能与顽石相同？！
那肉身的一切都会被流光所葬送，
唯有留下的精神才能同时光与共！
那塔身上所脱落了的泥灰，
是因为经受着岁月漫长的追穷
被自然折磨所留下的创孔。
但它却依旧是这么苍态葱茏，
依旧是这么孤独而高傲地
屹立在大江的激流之中！

九
啊，坚强的塔呀，孤高的塔！

您既古老苍芳,却又清新气昂!
人生的磨难与你相比却又算得什么?
而命运暂时的波折更不应悲丧!
今日,我仰望着高大的古塔,
从中获得了新的珍贵启示:
我们的祖先之所以把它建创,
为的是让坚强、独立的崇高思想,
能留传给后代永固长存,
并希望会被发扬得更加灿烂辉煌!

十

四百里长川奔流入海汇为大洋,
江涛中,孤屿上,古老的双塔直插入云霄,
你俩是世界上最古老最高大的灯塔航标,
一千多年来一直给无数的水手船夫
指引航道,让他们安全地避开
无数急流、险滩和暗礁。
塔顶上,聚散不息,云朝朝……②
塔脚下,潮长长……涨落无了……
母亲江啊,塔影下,
哺育出了东瓯无数的名士英豪!

十一

感谢你,古塔呀,你是多么令人沉迷,
因为仰望着你,我悟到:在你身上构筑着
多少浅显而又深奥的数之道理,
蕴藏着多少数之灵气和奥秘。
多少东瓯学子是从你俩身上

吸取了无数的数之精华灵气，
终于使他们走出家乡故里，
走向世界，成为数学界巨擘③；
并让我们这些土生土长的东瓯子民
懂得了贫富的实质，就是数的大小距离。

十二
叶适先生驻足江边凝望着孤屿塔影双峰④，
是高耸的双塔启迪了他的哲思……
"通商惠上，行实事才有实效"，
终于成就了永嘉学派唯实的学风，
影响至今已达八百春，培育了东瓯子民
求实天性，敢为天下先，愿做开路的先锋。
改革开放，使我们能包地、包天、包大海；
越高山，过大洋，寰宇处处创业商潮涌！
两手虽空，可睡地板精神造就了千万富翁，
穷乡僻壤，终成了中国富裕的地方被称颂。

十三
我深情地眺望孤屿双塔，
心中感到无限的崇高自豪——
你是我们城市的图标，
哪怕在世界的角落，或者天涯海角，
艰难地跋涉，带着无限的乡愁和困顿疲劳，
看着图标，我即刻全身血液沸腾倦意全消！
啊！孤屿和古塔，这是家乡和我在一道！
恋乡不恋土，是每个东瓯子民的情操。
古塔啊，你让我们去全世界播种、收获，

而那不改的乡音使我们永远和着瓯江潮。

十四
古塔呀，东瓯如今已成全球瞩目的地方，
蓝眼金发的外国人也来这儿淘金忙，
昔日被人鄙视、嘲笑、欺凌的瓯越乡巴佬，
如今自豪地走在上海滩自家大厦的路上，
漫步在香榭丽舍大道，戏水在夏威夷海滩，
用那特别的乡音在向全世界大声喊：
我们是中国人，我们来了！
常常，浓烈的乡情使众多乡亲们汇聚在
东方明珠、埃菲尔铁塔和伦敦塔旁，用乡音俚语，
兴奋地谈论故乡古塔精神在全球发扬光大。

十五
当我站在古塔的面前，
把它那高大的身躯深视凝望，
我陷入了哲人般的深思冥想，
翩翩的感想如波浪在脑海中翻滚，
古塔是我们悠久文明的象征，
是我们中华民族精神的具体化身，
它代表着人们顽强的意志和崇高的精神。
古塔在朝阳中显得越发颀长、辉煌，
那高耸的塔顶直入云深，
而塔顶的古榕却更指向苍旻！

（注一）：温州市江心屿东西两小山丘上有建于公元969年的古老双塔，1997年被国际航标组织列为世界百座历史文物灯塔。

（注二）：此为南宋时温州籍状元王十朋为温州江心屿上江心寺所撰写的垂名千古的著名对联：

云朝朝朝朝朝朝朝朝散

潮长长长长长长长长消

（注三）：温州被誉为"数学家之乡"。此地著名数学家人才辈出，孙步清、谷超豪、杨忠道、姜立夫等十位中国科学院院士数学家均为温州人，据有关部门统计，中华人民共和国成立以来全国大学数学系主任有1/4以上为温州人，近百年来温州已出了200多位著名数学家，实为全国仅有，史上罕见。

（注四）：叶适（1150—1223），南宋著名思想家，创立"永嘉事功学派"，为南宋朱熹、陆渊九并列三大学派之一，主张事功务实，反对空谈性命，对社会和后世产生很大影响，尤其使得乡人们都懂得了事功务实，为敢于天下先的实干家。

1975.7.9—2005.9.9

盼归

——母亲节联想

一

"树欲静而风不止,
子欲养而亲不待。"
识得此理几多人?
欲报此情何时来?

父母是为操劳生,
只尽奉献来世处。
便此心甘累一辈,
日夜辛勤唯家图。

孩儿长大自立独,
却是翅成离别苦。
别时当易逢时难,
甚是辛酸天涯途。

鸟儿归巢终有时,
望穿秋水久盼雏。
苦聚亦是再为别,
人生为离才父母?

二

一别春秋久年恍,
千山万水鸿雁断。
盼期悠悠渺无影,
迢遥曲折归路长。

杜鹃啼血何事啭?
爹娘泪干为哪般?
天知地知子当知,
亲情切切重于山。

衷祝天下为父母者,
——活得欢畅;
祈愿天上为母父人,
——安息无憾。

2019.5.12

聊说:两家庭,其一家其子留洋博士,长居国外,为他国作贡献,每年圣诞节时会收到其子寄来一张贺卡,平日少有给二老打电话,二老家虽也蛮风光,却很不开心,满脸沮丧悲苦样,一天到晚待在屋里懒得出来走走。而另一家小子没缘留洋,走出校门就在家附近企业工作,不久也成家,一家人天天满脸笑意,老爷子每天早上提着个鸟笼,哼着小曲乐呵呵地去公园溜达。

这两家哪家幸福,答案不言而喻。留洋那家天伦之乐已此绝,必损两代寿;无缘留洋的那家,在为自己国家多作贡献的同时,则尽享天伦之乐,全家三代人其乐融融,心情好,自然必也健康长寿。盼归——乃是最令人断肠的折磨!伤不起呀!还是有颗知足的平常心为好。

感怀往岁

——观子孩提时作画照片引感

感怀往事知多少，
时光无返叹引愁。
金钱难换当年岁，
亲情恒永珍贵久。

今忆时境感慨多，
脱贫致富累奔走。
奈无暇享天伦乐，
余生当惜此情悠。

2019.4.18

第三辑　旅踪诗意

黄鹤楼抒怀

黄鹤寻踪
昔人驾鹤别楼空,
今登鹤楼寻旧踪。
极目天际觅鹤迹,
但见霞光金瞳瞳。

碧空尽处疑鹤影,
悠悠似为其翱穹。
徐徐直来黄鹤楼,
恰原金云化鹤动。

2018.2.4

黄鹤楼思古

崔颢赋诗吟黄鹤,
负名千载黄鹤楼。
诗仙登楼难下笔,
叹已诗情颢冠首。

今登鹤楼思古幽,
无尽江水去东流。
古人虽逝诗意在,
感作小诗念此游。

2018.2.4

岳阳楼抒怀

湖南洞庭湖畔岳阳楼为江南三大名楼之一,初为三国时期东吴大都督鲁肃,为操演水军所需而建。后北宋时巴陵郡守滕子京将其重修,并请好友范仲淹撰文记修,于是垂名于世的《岳阳楼记》便由此问世了,"先天下之忧而忧,后天下之乐而乐"成了千古名句,其后便有了"洞庭天下水,岳阳天下楼"之美说。

岳阳楼
洞庭浩瀚水连天,
鲁肃心潮逐浪前。
安得一隅东吴国,
操演水军兵楼建。

岳阳名楼天下扬,
当有范书锦上添。
题记铭文耀万古,
楼文两并越千年 。

2018.2.3

《岳阳楼记》感

先忧天下后乐之，
仲淹名篇九州识。
为人行为循准则，
诚应为国担当职。

炎黄子孙人范郯，
中华品质天下知。
名楼人品共媲存，
楼因淹文更垂世。

几年前，曾特去岳阳楼专访，游的是洞庭湖与岳阳楼的景，读的《岳阳楼记》，识的是因刚正不阿而几起几落的范文正公，悟的是时在封建社会（距今一千一百多年的北宋），中华民族已有了此品格的人之典范，叹的是能与之相媲者，稀也！

2018.2.3

滕王阁上叹

滕王阁为中华四大名楼之一,唐初兴建,其名声之大,乃得益于王勃所作《滕王阁序》,此文中仅"落霞与孤鹜齐飞,秋水共长天一色"此句便使文名垂千古,再无人能超越。去岁冬曾亦至此一游之,当亦有感,今以记之。

序绝世①
滕王阁上赏勃文,
王郎年浅才却狠。
后生学厚并非虚,
弱冠美赋神童名。

落霞孤鹜寻常物,
秋水长天平常景。
信口即出绝世句,
一序千古再无人。

叹子安
志高鹜远喜竞峰,
才华盖众文采菁。
持情傲物同僚嫉,
疏阔处世谋略轻。

不忍尘俗行无束,
诳儒率真也禅情。

曾经宦海惧其深，

弃官侍父南海倾。

①指王勃的滕王阁序。

王勃，字子安，初唐四杰之一，诗文甚佳，实是少年天才，十六岁时科试即中，成朝廷中最年少之命官。因性情率真，恃情傲物，处世疏阔，且又才高八斗，自引同僚所嫉，被设计成囚，幸遇赦，皇上惜其才，召再入朝为官，然勃已领教宦海浪险，不再入仕。常出入佛门皈依禅宗。时，其父因勃受牵，官放边远荒地交趾（今越南），勃前往探视事父，以尽孝悌，见父贫困之状，甚感愧对父亲。后乘船由南海返回时，时值南海风高浪险，而溺亡。时年仅二十六岁。甚是可惜，

不然必可为中华文化抒写出更多的名篇。

蓬莱仙境

东坡赋诗海市咏,
海市蜃楼渤海踪。
人间仙境藏蓬莱,
虚无缥缈海天空。

八仙醉酒蓬莱阁,
凌波踏海各神通。
龙首山上登阁眺,
群仙飘逸海空中。

2018.2.5

蓬莱仙山

仙山有载山海经,
海中神山世人寻。
秦皇万里求仙药,
齐王燕君也曾临。

朝现霞光万道辉,
晚潮汹涌碧波滚。
一日变幻各不同,
仙山时现时消遁。

2018.2.5

蓬莱阁为中国古代四大名楼之一,面向大海,海上传说有蓬莱神山,为神仙居住之处,引得秦始皇至此求长生不老之仙药,楚王、燕王及汉武帝亦至此欲登神山,然而神山难望更不可及,只在春夏与夏秋之交,晴空万里之时,忽然海上突然间冒出群山或琼楼玉宇,时隐时现,此乃海市蜃楼、太虚幻境也。苏东坡至此游时赋诗《海市》,咏的便是此景。传说"八仙"更醉酒蓬莱阁,醒罢各显神通,在海上飘逸而遁,去往海上神山……笔者数年间也曾两度游览蓬莱阁,留恋于此仙风神意之境,获得诗情故亦咏之。

莫干山记

——游莫干山感怀

一 莫干铸剑

江南首山莫干是,
虽无泰岱雄伟姿。
也别华山险峻势,
景佳外更千古史。

此铸天下第一剑,
泪流剑池伤心郅。
悠悠感怀望吴台,
有留汗青诛阖氏。

2018.5.20

莫干山被称为江南第一山,除景色别样美之外,更有春秋末期吴王命天下铸剑名师莫邪干将夫妇,在此铸天下第一剑所流传千古的故事,名扬天下。雌雄剑铸成后丈夫干将被吴王阖闾所杀,但阖闾最终还是被莫邪干将夫妇之子莫干借父友之助,借雌雄剑所斩。此外,山上还有其他许多人文古迹,也极引人留驻欣赏。

二 莫干山览胜

莫干竹海穷无览,
万篁随风碧波瀚。
百道瀑飞峰前水,
云絮万变浮游幻。

谷幽境绝真桃源,
清静绿凉九州冠。
更铸双剑名于史,
莫邪干将便此山。

　　莫干山被誉为江南第一山,除人文古迹多闻名于世外,其景色本已特美,被世称"三胜"——竹、云、泉,其竹成海,白云变幻千姿百态,更有瀑布过百处;另称还有"四优"——清、静、绿、凉,山绿水清,清凉幽静,有别于别处,被誉为世外桃源。

2018.5.20

曲水流觞《兰亭集》

三月三日好佳日，
兰亭雅集修禊事。
春至溪头行祭祀，
驱除妖邪正此时。

山崇岭峻竹林势，
清溪流淌曲折至。
曲水正是好流觞，
饮酒赋诗借觞置。

流觞若至谁前滞，
酒饮诗吟不得辞。
诗如无出罚三觚，
《兰亭集》结三七诗。

2017.12.15

注：公元353年三月初三，时任会稽内史右军将军的王羲之，邀谢安等时名文人雅士41人，聚会于会稽山阴兰亭修禊，曲水流觞，饮酒赋诗，得诗37首结集为《兰亭集》，并由王羲之作序，得《兰亭序》这千古名篇，甚是雅事。今三游兰亭有感，以诗为记。

越中风华千古

游绍兴柯岩越中名士苑抒怀,绍兴柯岩公园建有"越中名士苑",举凡绍兴史上卓越人物,均在此苑内塑有雕像,名人雕像众多,实是一部不朽的文献,也揭示了文化名城绍兴深厚的文化底蕴。

柯岩名士苑

会稽自古多英贤,
名士苑中集大全。
文渊厚重能量巨,
一贯传承四千年。

春秋吴越两争强,
卧薪尝胆复国圆。
近世更是英豪众,
欲识名士苑中览。

2017.12.13

三英烈众雕像

越中自古豪气盛,
是为黎民济苍生。
辛亥功成越杰先,
秋谨锡麟垫路行。

甘洒热血涤神州,
舍命图强中华兴。
功败垂成当为憾,
侠士肝胆耀汗青。

柯岩镜水湾广场

外方内园镜水湾,
三聚同源汇一方。
老子孔丘再释尊,
三位一体中华煌。

头雕黑白各成半,
隐喻人初性恶善。
此谜至今无得解,
且涤黑半心自尚。

2017.12.14

注：柯岩镜水湾广场有一名为"三聚同源"的大型雕塑,为三尊汉白玉柱雕,分别为孔子、老子、释迦牟尼像,意为中华文化之源。在旁边,还有一人头像雕塑,其一半为白色,对半为黑色,意谓人之初其性为善还是为恶,还是善恶同存各半,煞有创意,耐人寻思。

刘庄话旧

一　奇人庄主

苏堤西畔竹居①藏,
耦耕②才高丈无量。
自言此身帝王料,
是为命官暗反皇。

力助孙文举革命,
却是中堂③左右膀。
祖诒④保皇对头冤,
终厌政治隐刘庄。

2018.6.21

①西湖西北侧刘庄初名为水竹居。

②耦耕为刘庄原主人刘学询的号。

③中堂指总理大臣李鸿章,刘学询为其幕僚。

④康有为的原名为祖诒,在政见上刘视康为死对头,为与其抬杠,康有为在刘庄相邻处特筑康庄。

聊说:西湖刘庄庄主刘学询(1855—1935),广东中山人,24岁中举人,31岁中进士,因厌候补官日子,下海经商,成广东巨富。有财势,又极有政治野心,致力于"反清复明",欲当皇帝。助力孙中山举事灭清,却又成为总理大臣李鸿章的幕僚,受命除康有为、梁启超,主持铲扒了康的祖坟。四十多岁后厌恶政治,在杭州西湖西畔购置500亩地,精心营造自家庄园,自此过隐士生活,实是位奇人奇才。后来，刘的八姨太将刘庄献给了国家，这里成为接待国家领导人和外国政要的场所，现亦对外开放。

二．刘庄蜕变
由依西湖才刘庄，
学询负名缘西子。
更因予公高格升，
蜕变荣迎国宾伺。

国事活动好处所，
湖光山色一览识。
赏景议事双并举，
佳景更促圆大事。

三．苏堤解局
西湖苏堤天下咏，
中美破冰缘此功。
联合公报刘庄议，
为解难题几思穷。

博士眺堤问西东，
苏堤两边西湖同。
灵犀一点困局消，
海峡两岸同一中。

2018.6.21

西溪夜行

明月如洗西溪洒,
波光潋滟繁星眨。
红袄素脸女艄姑,
摇橹泛波舟悠划。

大雪气节已冷凉,
农家院舍避夜寒。
土鸡溪鱼伴鲜蔬,
家酿小酌醉也甜。

2017.12.10 于钱塘悦庄

西溪行舟

——钱塘行之九

世认天堂当钱塘,
西溪更是世外源。
湿地岛众如棋布,
芦荡深藏小村庄。

吾今驾舟荡中转,
时左忽右芦丛穿。
数过拱桥疑迷路,
几回悠转抵庄园。

2017.12.10

景区览胜

中华美景遍神州,
九州风光锦绣称。
华夏处有胜景在,
东南西北千秋纷。

美景自诱人赏品,
人潮如涌景区进。
若找其中最美景,
当属景中另类人。

熙熙攘攘人潮临,
景区岂能不宰狠?
每年收成趁此遭,
何有刀下话留情!

高价买得风景赏,
若不留念冤枉甚。
到此一游攀刀记,
再撒空罐相景映。

大好河山美不胜,
天公造化赐吾们。
绝景稀有毁不再,
景区怎来此类进?

2017.12

第四辑 人生感悟

大丈夫

——读《孟子》有感

有生之活有样谱，
富贵贫贱淫移无。
威武不屈皆自志，
怨天尤人则俗徒。

事物决处当自主，
诚无傲气骄人乎。
贵在傲骨不媚俗，
骄媚不与大丈夫。

2017.9.17

守道

庸人媚俗重利贪,
廉士器重名声昕。
贤者崇尚为志向,
圣人最重唯精神。

荣华富贵幻梦深,
权势名利实累困。
世故贪利人失德,
执守正道不离心。

2017.9.18

智者

处世行事有术运,
锋芒不露乃高人。
韬光养晦大智慧,
一切自在无为进。①

大贾财巨不露痕,
急流勇退真人隐。
大智若愚才大才,
藏得人生谋略真。

①老子言:道常无为而无不为。

2017.9.1

释怀

世事无常变幻再,
得失本为正常态。
富贵名利实烟云,
无须计较排不开。

烦恼诸多因介意,
是非恩怨一时在。
看透想开困惑解,
世间何事不释怀?

2018.7.14

真我人生

凡人无奈来世活,
降生开口便哭说。
既已来世就得过,
何管乐少还苦多。

总想美好期人生,
叱咤风云显赫火。
苟活于世亦一世,
平平凡凡是真我。

2018.7.14

智慧人

人生苦多乐为少,
不论苦乐坦然好。
苦中取乐最超然,
坦然超然智者道。

有识明士辨苦乐,
眼前道路无避逃。
叹苦不如乐着笑,
烟云过眼万事休。

2018.7.14

人生自择

一　书育情智
玩物丧志谁不知？
心智迷失由此致。
读书修身养情趣，
心镜终由心生之。

蜡梅花香人赏喜，
当砺三九严寒赐。
欲让情智高格调，
上登书山方达此。

圣贤为师

读史可知汗青事,
慨叹惜时多君子。
古人崇德重操守,
皆以圣贤为其师。

尊此楷模近圣质,
己所不欲人不施。
若从孟轲修"四心"①
品尚善修圣人似。

①孟子所言"四心"指:恻隐之心,羞恶之心,辞让之心,是非之心。人人应该具备。与"四心"相之对应阐明的便是:恻隐之心,为仁之端,羞恶之心为义之端,辞让之心为礼之端,是非之心为智之端。

2018.6.2

自当知

物欲世界多迷彩，
眼花缭乱盲黑白。
日夜痴梦发大财，
一夜醒来金满载。

劝君重温圣贤言，
勤学多思劳不怠。
重修道德富仁爱，
知足常乐福自来。

2014.6.18

心之回归

世间惹如万花筒,
瞭人眼迷骚也动。
心猿意马翱空翔,
风华茂盛气如虹。

不意世上无直道,
弯弯溜溜曲无穷。
几十春秋由折腾,
心得回归方知空。

2018.12.27

淡定从容

风云变幻突然骤,
雨顺风调不永久。
世事难料一念间,
却也即作云烟了。

人算千败天一算,
当应明白此理招。
得失输赢不乱序,
淡定从容自无忧。

2018.12.27

闲云野鹤

——道家的选择,读《庄子》悟所言

闲云野鹤最自悠,
世俗羁绊终别休。
物欲横流当不涉,
声色犬马亦无纠。

官场名利束自由,
浮尘累赘离不受。
山野烟云任飘逸,
高台修读畅神游。

2018.12.28

平常心是道

此山勿望那山耸,
天外尚有天外穹。
不欲祈求富贵梦,
凡梦醒来更落空。

但期丰衣伴足食,
岁岁安康福气鸿。
万事应持平常心,
命顺无坎神仙同。

2018.12.28

人生行舟

运命无常时忧烦,
若欲排解当也难。
人生行舟多颠簸,
何有长时无波澜?

若无波涛非为海,
舟船岂求镜上航?
狂风恶浪无可免,
泰然应对便为常。

2019.1.2

共勉

运如不济须前看,
此刻正是好蓄芳。
人生谁无失意时?
隆冬过后迎春展。

妄自菲薄实自损,
君子谦谦不骄亢。
机会总伴有心人,
多经磨砺方自强。

2018.12.2

笑口常开

人遇好事开心喜,
若能常笑忧无棲。
世事烦多乃自找,
排解不当愁添几。

岁月最艰终将去,
日月同照贫富民。
山水无欺贵贱别,
笑口常开寿我你。

2018.12.28

修为

人之境界依人品，
人品优劣修为定。
修为有赖良师引，
且需自身勤恒行。

修得正果实不易，
绝非数度春秋成。
修为乃是毕生事，
达至纯真方极境。

2019.1.3

处世为人

为人应怀悲悯心,
如有求者助解困。
得意时节别忘形,
不露声色才高人。

轻慢他人易招非,
人亦有优已处身。
最忌孤芳独自赏,
落得孤寡绝世存。

2019.1.3

境界求

人爱追求高境界，
入界却有各自好。
但与财势皆无关，
财富权势世俗道。

欲求两物庸碌辈，
境界高人此不屑。
唯有读书修身事，
毕生修为境界高。

2018.12.29

英杰

有道越王剑世罕,
当知有赖好材锻。
精钢久冶才为得,
熔炉浴火百回炼。

历经千锤出锋芒,
方为刃利斩无断。
英杰犹似勾践剑,
久经磨难始成范。

2019.1.7

坦然人生

人生艰难苦常来,
此苦过后彼苦待。
纵有乐时亦为短,
能有几回笑开怀?
磨难并非全坏事,
吃得万苦成英才。
历经苦难再无难,
不必为此长叹慨。
坦然一笑付之了,
能苦会乐真人在。

2019.1.8

超然人生

世上诚多苦难情，
何人不在世间行？
直面静对风尘事，
不论苦乐勇相迎。
遇苦自也避不了，
有乐开怀不越顶。
乐极生悲当有时，
苦亦有度终为程。
化苦为乐乃智慧，
不畏浮沉超然定。

2019.1.8

知进退

生活有进偶也退,
懂得进退是能耐。
知识时务乃俊杰,
退可赢得大进迈。

万物生长循时令,
不违时令明智择。
何有深秋叶不落?
春至无愁花不开。

2019.1.8

心情无输

休管世俗多纷争,
内心不容喧嚣声。
远离干扰安情绪,
冷为静观身刚挺。

命运寻衅斗输赢,
最不让输乃心情。
即便浑身伤痛累,
此心不负希望承。

2019.1.8

释解

——致皱着眉头乐者

有说皱着眉头乐,
以此驱除沮与郁。
乐本抒发内心悦,
心不由衷乐也虚。
此状强颜实苦笑,
欢悦须有心情愉。
何不换位先思考,
调整心态烦恼去。
豁然开朗心结解,
换得开怀大笑与。

2019.1.9

拼搏人生

人皆期望毕生宁,
岁月却无永平静。
暴雨狂风不可免,
无能避逃担当承。

人世之路多坎坷,
心须坚强敢拼争。
吃尽万苦伤痛累,
边为咽泪边为行。

负重受屈哭化笑,
紧咬牙关磨砺挺。
一步一坎终过去,
艰难历程成就成。

无价财富铁骨铮,
万劫历后何难称?
风雨歇停见彩虹,
顶天立地此生赢。

2019.1.15

本然人生

红尘浊世多彩境，
招致六欲与七情。
凡人欲情当不免，
适可而止自应明。

富贵如雾终见散，
浮名犹似云烟行。
情色更是扰心身，
此多无益不参争。

看轻视淡惜自爱，
平淡知足最乐盈。
从容祥和无困负，
遵从本然好人生。

2019.1.16

心观为明

放眼虽能世界望,
却仅一叶即遮拦。
若是以心看世界,
万物无遗眼底亮。

世间复杂真伪淆,
伪假装真更真般。
最能唬人伪君子,
待到识知遗恨冤。

混沌何有清如许,
世事纷杂难视判。
察言观行细思索,
心为金睛全洞穿。

2019.1.12

道异不相谋

——读《论语》有感

不相与谋道不同,
不相为友志无共。
人生最难为同道,
轻率相与悔为终。

浅交不识真面目,
且能与之以心用?
虚情假意易惑人,
真诚落得蒙骗空。

历时方识原伪君,
本非同一层次中。
思想信念甚为别,
品位格局异重重。

何能相与为友朋?
岁月蹉跎情冤送。
道不同绝相与谋,
深自谨守慎纳从。

2019.1.23

人生四境界

——冯氏境界论

冯友兰先生将人之境界归纳于：自然境界、功利境界、道德境界与天地境界，不同人所具之境界分属此四境界。

一　自然境界
此种境界自然态，
行事均以本能来。
无思无悟无觉解，
实与动物难分开。

心智不熟老小孩，
精神思考全空白。
浑噩懵懂日子过，
活着唯食时光捱。

生命只具形体壳，
行尸走肉此人在。
高度文明今社会，
难觅还有原始代。

二　功利境界
此境界人私利上，
凡事动机皆己想。
于自无利绝不涉，
与世甚不相融参。

公众事务不沾边,
无动于衷局外看。
头脑精明擅盘算,
冷血漠然无系干。

一毛不拔天下事,
有利可图抢先忙。
即便残羹与剩食,
白吃当也争一碗。

三　道德境界
社会是为整体成,
个人只为一员参。
公众之事人有责,
当应相与乃本分。

社会福祉众与建,
当以天下为己任。
是为君子重喻义,
私利杜绝荡无存。

天下先乐已为后,
天下有忧已心焚。
胸襟开阔容宇宙,
披荆斩棘为众拼。

四　天地境界
是为社会一成员,

亦为宇宙之天民①。
既为天下谋福利,
也为宇宙守护神。

人虽宇宙一尘埃,
宇宙却于心中存。
吸取天地之精气,
自然规律严守循。

皆与万物尽相融,
洞悉万般生灵情。
了无世界隔阂痕,
人宇相融正气馨。

心境完满乐长在,
生死无惧道归心。
人至此态已为圣,
天地境界极境人。

2019.1.1 元旦

①天民,孟子语,指极杰出之人。

自择

求富之人必劳累,
无疑注定劳碌命。
富贵其也多烦恼,
实比布衣更疲顿。
布衣之劳乃只身,
富贵劳累心最困。
欲壑何要填无底?
富不五代自古训。
心宽体健钱无买,
知足乐长有福人。

2019.1.2

善暖人间

人间最需乃善良，
传播善良有福感。
贵贱贫富虽各别，
凡人共性总有善。

谁人不怀恻隐心？
此便亦即为善缘。
行善非为刻意为，
心安理得内心源。

最为自然欣悦事，
此也为己积德圆。
人间冷暖各感受，
聚善添薪天下暖。

2019.1.12

直面人世间

　　人来世上要面对世界、同类和自己,面见天地世界之博大,深感个人之渺小卑微;面对人间人事复杂,太伤脑筋,当少计较宽容为好;面壁自问,认识了自我应一切放下,要想开,豁达,坦然待之。
　　人长心眼为视觅,
　　睁目首为天地击。
　　次瞧世上众生相,
　　末见最难察自己。

　　眺望天地大叹奇,
　　广袤浩瀚无边际。
　　人居其中实渺尘,
　　只感谦卑没亢气。

　　世上众生貌各异,
　　丑美善恶纷杂集。
　　脸面可睹心难辨,
　　领教识真宽容宜。

　　目只观前己无及,
　　皆以自为众上立。
　　历经折腾识本我,
　　悟得人生豁达理。

2019.4.28

人面泰对

世间炎凉冷暖视,
人面自逐高低姿。
趋炎附势世俗态,
不看僧面佛面知。

得意时节飘然忌,
失意不必自卑之。
人情善变尽淡对,
无须过真泰然置。

2019.5.5

祸福皆于心

幸福乃无烦心事,
烦不居心事少招。
苦恼实都自找来,
疑神惑鬼多心骚。

心思若多祸端肇,
引致麻烦已身缠。
事不猜疑当无扰,
心宁幸福长伴着。

2019.5.7

第五辑　文化自侃

聊说君子

人不知而不愠,不亦君子乎?——《论语》

君子有不战,战必胜矣。——《孟子》

君子博学而日参省乎已。——《荀子·劝学》

一 何谓君子

何谓君子?关于君子的定义古人其说纷纭,但大同小异,有人认为何谓君子,具体体现在对国家、社会、个人三方面上所具有的个人良好品质,和自愿承担、履行相关责任和义务,才算得上君子。

于国家
天下兴亡责我扛,
君子勇为国担当。
不忘忧国齐奋发
同力图强振祖邦。

于社会
立己达人理同得,
身体力行善民泽。
悲天悯人为胸怀,
世事不平敢愤责。

于个人
修身立德律己促,
推己及人本分所。

执守节操气骨傲，
崇德弘毅树楷模。

　　　　　　　2018.9.9

二. 君子自鉴

一

君子所以人范授，
自强不息德重厚。
权贵势盛不攀附，
无惧强权弱护佑。

二

担当天下仁义操，
为富善心慈怀交。
智涵不惑严律己，
穷执守义达从道。

三

为官有担忠责务，
清廉正直为民仆。
为民执守尽本分，
安居乐业家和睦。

四

长者当尊庇幼仔，
善与人友恶徒斥。
美色无迷丑不讳，
胸存天理真君子。

　　　　　　　2018.9.10

天地人

天无思维不辩争,
万物是为自然生。
地产植禾赐于世,
人亦实是一物称。

日月运行天有时,
地育生灵万物兴。
玉宇之下由人治,
天地人物一统成。

2019.1.17

山泉

泉水晶滢透亮仪,
万物不胜伊纯洁。
生无常形态万千,
柔情亲密为世一。

无私奉献哺万物,
生命之源谁能离?
珠滴其量不足恬,
性情总爱高往低。

不知疲劳永奔流,
长驱直前不停息。
齐心汇成大川涌,
排山倒海摧无砥。

2019.5.6

第六辑　史书随聊

侠士风骨

——读《节士风骨》一书有感

世事不平忍无睹,
愿以舍命苍生扶。
誓为生民求立命,
此心报国宏愿赴。

一身正气侠天下,
救世情怀盈胸储。
孤胆英雄行义道,
无惧江湖险恶途。

污吏恶霸当尽除,
不为名利无所图。
只因承诺于山重,
成仁取义侠风骨。

2019.1.21

聊说士大夫

——读《士大夫精神与中国文化》有感

士大夫

一

中华文化独创出，
特有阶层士大夫。
绝异西方贵族同，
不由血统入仕途。

无依政治经济权，
唯凭个人才识术。
道德情操并智能，
便可奋斗仕身入。

二

经子史集皆通会，
琴棋书画情趣最。
待人接物尚礼仪，
德道教化天职委。

多自布衣平民身，
苦读饱学才智辉。
书香陶冶高情操，
士之品质修炼归。

修得一身风骨铮,
经由卓越奋斗累。
靠得才智改命运,
挤入仕圈大夫为。

三

圣贤气象大夫倾,
豪杰精神应先升。
是为气质两并修,
独倡圣贤气象轻。①

国衰之祸由此始,
史上惨痛教训惩。
均是豪衰肇引致,
欲圣贤先豪杰称。

若无豪杰精神盛,
圣贤气象何由生?
开创功业英豪为,
志勇双全奋斗争。

兴国图强建功业,
经世事公伟业丰。
修身事国匡天下,
至此圣贤气象成。

①倡言只重圣贤思想于国大不利,应须同倡豪杰精神两并举,要文武并兴,最于强国,唐宋两朝即是明显两例。

2019.2.15

士大夫范规

十年寒窗苦搏拼,
科场胜出方有位。
为民理念早生成,
知识民官遵不违。

文人自古傲骨最,
以文载道处世磊。
胸怀宽宏恶苟且,
心忧天下职责备。

忠贞气节尚情操,
敢勇无畏视死归。
为国尽忠乃天职,
凡为士人循此规。

2019.2.15

士大夫精神

一　承责社会
士大夫本民中出，
离民何谓士大夫。
精神动力源自民，
社会责任担当扶。

"士志于道"使命负，
社会主体意识树。
国家兴亡匹夫责，
精英最是匡国图。

二　人格独立自尊
是为大夫当追求，
人格独立自尊争；
此之精神务须具，
自由思想特个性；
人格自由不盲从，
方有创见创新兴；
面对威权无怯畏，
平视诤言己见鸣；
真实主体抒自我，
有得独创新果成。

三 执着与超脱

入世精神为内核，
出世事业两并行；
是以出世情怀为，
履行入世伟业承；
生民福祉担道义，
国家兴亡夫等撑；
忧患天下谋图强，
责以报国济苍生；
心灵自由求解脱，
修炼寡欲心平正。

四 务实与理想

胸怀祖邦理想志，
应报国恩自小知；
直面现实建功业，
以身为则致力施；
世俗纷扰自超脱，
文化理想圣贤视；
当是务实匡天下，
经世事功豪杰职；
理想现实统筹谋，
此为理念大夫质。

五 英杰气概

圣贤气象大夫参，
欲圣先怀豪情感；
豪杰精神充胸中，

无此气质何圣贤?

近世中华命运舛,
只重修贤豪气短;
圣贤豪杰两修为,
是为国之栋梁现。

经世能力意志坚,
勇智兼备两并善;
卓越功业毕生求,
垂名千古史册上。

2019.2.14

士大夫精神留千古

志士仁人怀天下，
道德素养人格尚，
精神境高灵魂净，
恪守名节树范样。

几经拼搏士大夫，
良相名臣代频扬，
严遵法纪拒私利，
以身殉法维纪纲。

虽居高位忧苍生，
忍辱负重民命扛，
权倾朝野谨慎微，
高风亮节身骨刚。

大夫精神传千古，
彪炳千秋史册上，
源远流长为传统，
经世不衰浩荡昂。

2019.2.15

公仆精神

为官不可信念惽,
此必肇致腐风生,
问题诸多何为源?
当为缺乏乃精神。

天下为公政为民,
恪尽职守公仆行,
治国理政匡天下,
建功立业苍生亲。

廉洁事政官品质,
两袖清风见真身,
修身处事正气凛,
永保名节赛命珍。

功成名留史册载,
当受世人万代尊,
当今公仆精神新,
古老华夏活力欣。

2019.2.16